I0551268

MOLIÈRE

ET

LES DEUX THALIES.

DIALOGUE EN VERS,

PAR AIMÉ LEROY,

A PARIS,

CHEZ PILLET, IMPRIMEUR-LIBRAIRE,
RUE CHRISTINE, N° 5.

ET DELAUNAY, LIBRAIRE, PALAIS-ROYAL.

1816.

MOLIÈRE

ET

LES DEUX THALIES.

MOLIÈRE, seul.

Puisque j'ai pu quitter un moment les enfers,
Que n'ai-je le loisir d'observer les travers
Dont ce siècle, sans doute, autant qu'un autre abonde !
Les abus finiront quand finira le monde ;
Et sur ce grand théâtre on verra, de tout tems,
Des méchans et des sots, des sots et des méchans.
Un misantrope aigri vainement en murmure ;
Ce sont vices unis à l'humaine nature :
J'ai fait de vains efforts, croyant les corriger,
Le masque est différent, l'homme n'a pu changer.
 Mais c'est trop m'arrêter, le tems fuit, et j'oublie
Que je viens visiter l'une et l'autre Thalie.
Est-il vrai que l'aînée, en son triste dédain,
Fasse un indigne accueil à mon pauvre Dandin,
A mon vieux Harpagon, à mes autres ouvrages (1) ?
Aurait-elle du tems éprouvé les outrages ?
Son humeur, son esprit serait-il donc changé ?
Tant pis ; car à ce prix je serais trop vengé !

Mais que ne puis-je, au gré de mon impatience,
La voir sans différer ! Un dieu, par sa puissance,
Sans doute, en ce moment, vient exaucer mes vœux.
Le temple de Thalie apparaît à mes yeux ;
Je n'en saurais douter, je la vois elle-même.
Elle pleure, je crois ! Ma surprise est extrême !

MOLIÈRE, LA VIEILLE THALIE.

MOLIÈRE.

Thalie, est-ce bien vous ?.... Ne me trompé-je point ?
Se peut-il que vos traits soient changés à ce point ?

LA VIEILLE THALIE.

En ce monde, Monsieur, que venez-vous donc faire ?
Par votre ton bourgeois croyez-vous encor plaire ?
Vous seriez aujourd'hui mal reçu.

MOLIÈRE.

Je le vois.

LA VIEILLE THALIE.

Je vous parais changée, à ce que j'aperçois ?

MOLIÈRE.

Oui, je ne sais comment je vous ai reconnue,
A cet air triste et froid. Bon Dieu ! qu'est devenue
Cette franche gaîté qui plaisait tant jadis ?

LA VIEILLE THALIE.

Fi ! le ton exécrable, horrible ! Est-il permis
De vanter maintenant votre gaîté grossière ?

MOLIÈRE.

Mais on ne rit donc plus ?

LA VIEILLE THALIE.

Fi ! vous dis-je, Molière ;

Fi ! je déteste trop la trivialité ;
Je souris quelquefois, mais avec dignité.

MOLIÈRE.

Oh ! oh ! quel changement ! Dites-moi, je vous prie,
Vous avez une sœur, la petite Thalie,
Dont Picard est le père ?

LA VIEILLE THALIE.

Ah ! ne me parlez pas
De ce Picard, avec sa gaîté, ses éclats !....
De Marivaux jamais il n'aura la finesse,
La grâce de Dorat, et sa délicatesse ;
Sur-tout ce *goût exquis*, cette fleur de *bon ton*.....

MOLIÈRE.

Je veux être pendu, si j'entends ce jargon !
Le *bon ton !* qu'est-ce donc en langage vulgaire ?

LA VIEILLE THALIE.

C'est ce qu'on n'avait pas, quand vous crûtes me plaire.

MOLIÈRE.

Mais Regnard et Dancourt, Brueis et Palaprat ?

LA VIEILLE THALIE.

Ah, dieux ! quels gens grossiers ! qu'ils sont loin de Dorat !
Quelle horreur ! quel scandale ! et quel goût détestable !
C'est à n'y pas tenir, tant c'est épouvantable !

MOLIÈRE.

Miséricorde ! oh ciel ! Pauvre Thalie, hélas !
On me l'avait bien dit, je ne le croyais pas,
Qu'on aurait pu changer votre heureux caractère.
A cet air précieux, à cette mine austère,

Qui vous reconnaîtrait ? Vous prude ! ah ! quel malheur !
Vous n'aviez point jadis cette farouche humeur ;
Et, soit dit entre nous....

LA VIEILLE THALIE.

Quoi ? Parlez , qu'est-ce à dire ?
Je sais bien que de moi l'on se plaît à médire (2).

MOLIÈRE.

On a tort ; et d'ailleurs vous avez dû changer ;
Vous êtes femme : eh bien, loin de vous corriger,
Changez encore ; des ans pour réparer l'injure,
Votre sexe a besoin de fard et de parure ;
Je le sais.

LA VIEILLE THALIE.

Quoi ? Monsieur....

MOLIÈRE.

Un moment ; écoutez :
Vous pouvez vous passer de brillans empruntés ;
Vous êtes belle encore ; à quoi bon l'étalage
De ces grands airs qu'affecte une prude sauvage ?
Il est toujours bien tems d'embrasser ce parti ,
Lorsque de la beauté l'éclat est amorti ;
Vous n'en êtes point là ; non, croyez-en Molière ,
Reprenez votre humeur, vous pourrez long-tems plaire
Et par le naturel et par la vérité ;
Laissez là ce maintien, ce langage affecté ;
Laissez ce style faux dont le bon sens murmure ,
Car ce n'est pas ainsi que parle la nature.
Si vous croyez encor m'avoir sous votre loi ,
Donnez-moi des rivaux qui soient dignes de moi.

Mais non; pour vous prouver que mon cœur froid, paisible,
De sentimens jaloux ne vit plus susceptible,
Après avoir exclu Dorat et Marivaux,
Quittez ce fier dédain pour vos amans nouveaux;
J'ose vous en prier : plusieurs, quoi qu'on en dise,
Sont dignes de Thalie; à tort on les déprise.
Quelques-uns, je le sais, captant votre faveur,
Se sont trop conformés à votre triste humeur;
Mais ils voulaient vous plaire; ils sont bien excusables :
Vous pleuriez, ils ont pris des mines lamentables;
Riez, et vous verrez qu'ils essuîront leurs pleurs.

LA VIEILLE THALIE.

Non, ils chérissent trop les tragiques douleurs.

MOLIÈRE.

Les tragiques douleurs! Est-ce votre domaine?
Renvoyez ces pleureurs auprès de Melpomène.

LA VIEILLE THALIE.

A ma sœur? La superbe a déjà trop d'orgueil!
Je voudrais bien savoir d'où vient le froid accueil
Qu'on me fait aujourd'hui, tandis qu'on la préfère.

MOLIÈRE.

C'est que vous préférez vous-même un somnifère,
Un jargon précieux, à la franche gaîté;
C'est que vous aimez mieux, en brillant comité,
Vous ennuyer, bâiller, ouïr quelque fadaise,
Qu'en dépit du *bon ton* rire tout à votre aise.
N'en accusez que vous, si vos admirateurs
Ont le goût dépravé; vos goûts forment les leurs :
Ils sont habitués aux manières charmantes

De votre cher Dorat, à ses phrases brillantes.
Si quelque bon esprit, gai, naturel et rond
Ose vous faire rire, on crie au *mauvais ton ;*
Et ses discours trop vrais excitent le scandale.
Eh! messieurs les badauds, ayez moins de morale
Et plus de mœurs. Pour être en tout plus pointilleux,
Vous croyez-vous au fond meilleurs que vos aïeux?
Croyez-vous avoir seuls connu la bienséance?
Mon siècle n'était point celui de l'indécence,
Et pourtant il osa, sans s'être compromis,
Rire de tous les traits que vous avez honnis.

LA VIEILLE THALIE.

Ah! ah! de cette humeur je devine la cause;
On est toujours fâché, du moins je le suppose,
Quoique insensible et froid, d'avoir été sifflé;
Car vous savez, je vois....

MOLIÈRE.

                    Et j'en suis consolé.
J'avoûrai toutefois qu'un peu de vaine gloire
Au récit qu'on m'en fit me défendit de croire.
Pour m'en assurer mieux, je vins donc, je vous vis,
Et d'un pareil affront je ne fus plus surpris.

LA VIEILLE THALIE.

Je vous ai donc paru, Monsieur, bien singulière?

MOLIÈRE.

Oui, je ne flatte point, vous connaissez Molière;
Mais votre air triste et sombre, autrefois si riant....

LA VIEILLE THALIE.

Voulez-vous m'empêcher de pleurer?

MOLIÈRE.

Nullement.

Mais pourquoi pleurez-vous?

LA VIEILLE THALIE.

Monsieur, cela m'amuse.

MOLIÈRE.

C'est différent : au moins, vous avez une excuse;
Pleurez; mais, croyez-moi, le rire vous va mieux :
Laissez à Melpomène injurier les dieux,
Apostropher le ciel d'une plainte importune,
Quereller les destins et braver la fortune;
Vous, peignez la nature et l'homme tel qu'il est;
Qu'il s'amuse en voyant son bizarre portrait;
Tâchez de corriger, mais sur-tout faites rire;
Rien ne vaut la gaîté; l'espèce humaine en tire
Des plaisirs toujours sûrs; bien souvent la santé,
Et presque autant de biens que de la Faculté
L'on peut tirer de maux; c'est dire assez, sans doute.

LA VIEILLE THALIE.

Chacun plaide pour soi; mais, quoi qu'il vous en coûte,
Convenez que les pleurs sont bien intéressans;
Sur-tout dans notre sexe, ils sont si séduisans!

MOLIÈRE.

Oui, c'est un grand ressort pour émouvoir les ames,
Et qui fut, j'en conviens, mis en jeu par les femmes,
Toujours avec succès. Melpomène pourtant
Pourrait se plaindre....

LA VIEILLE THALIE.

Eh! quoi, lorsqu'elle en fait autant;
Qu'elle usurpe mes droits....

MOLIÈRE.

Comment! elle fait rire?

LA VIEILLE THALIE.

Trop souvent.

MOLIÈRE.

En ce cas, je n'ai plus rien à dire,
Et vous avez raison, vous, de faire pleurer;
Puis, c'est votre plaisir, il faut vous y livrer.
Quant au genre ennuyeux, vous n'avez plus d'excuse,
A moins que cependant l'ennui ne vous amuse;
Alors....

LA VIEILLE THALIE.

Qu'entendez-vous, s'il vous plaît, par l'ennui?

MOLIÈRE.

Mais j'entends ce *bon ton*... là... ce *ton* d'aujourd'hui,
Qui n'aime que le faux, du moins je le soupçonne :
L'ennui, c'est.... Marivaux ou Dorat en personne;
M'y voilà! L'on ne peut, je crois, mieux définir.

LA VIEILLE THALIE.

Brisons là, s'il vous plaît, il est tems d'en finir;
Nos goûts sont différens; je ne saurais qu'y faire.

MOLIÈRE.

Ainsi, vous me chassez ?

LA VIEILLE THALIE.

Moi, Monsieur? au contraire!
Je ne chasse personne; et vous, et Marivaux,
Et mes anciens amis et mes amis nouveaux
Serez reçus chez moi sans nulle différence.

MOLIÈRE.

Je vous suis obligé de tant de déférence.

LA VIEILLE THALIE.

Quand avec vous pourtant je reprends ma gaîté,
Que ce soit entre nous, en petit comité.

MOLIÈRE.

Fort bien! et voilà donc, voilà comme on me traite!
J'irai me présenter à votre sœur cadette.

LA VIEILLE THALIE.

Eh bien! Monsieur, allez! Justement la voici.
Que me veut-elle donc? et qui l'amène ici?

MOLIÈRE, LA JEUNE THALIE, LA VIEILLE THALIE.

LA JEUNE THALIE.

Haute et puissante dame, illustre douairière
De vos anciens amans et surtout de Molière,
Ayant seule hérité, je ne sais trop pourquoi,
Daignerez-vous enfin partager avec moi
Ce domaine riant que vous laissez en friche?
Je ne vous blâme point, ma sœur, vous êtes riche,
Il faut vous reposer vous et vos chers enfans,
Vivre avec quelques morts, vous moquer des vivans,
Et d'un bien superflu m'abandonner l'usage.
Vous ne connaissez pas vos richesses, je gage?

LA VIEILLE THALIE.

Je ne les connais pas! Eh bien! vous n'aurez rien,
J'aime mieux l'enterrer que vous donner mon bien.

MOLIÈRE.

L'enterrer! ah pardon! souffrez que je réplique;

Je ne vous ai point fait ma légataire unique.
Il faut que chacun vive ; et puisque Marivaux ,
Monsieur Lanoue, enfin, mes illustres rivaux ,
Vous nourrissent si bien de leurs vers , de leur prose ,
De madrigaux glacés , de fadeurs à la rose ,
De petits riens sucrés et de pavot confit,
Vous aimez le repos , tout cela vous suffit.
Laissez donc , croyez-moi , mon modeste héritage ,
Ou souffrez tout au moins qu'une autre le partage.

LA JEUNE THALIE.

Quoi! vous êtes Molière ! Ah Dieux! je m'en doutais !
Mon père, ce me semble , a plusieurs de vos traits ;
Ainsi que vous d'ailleurs c'est un excellent homme.
Le père des auteurs, c'est ainsi qu'on le nomme,
Du vrai talent toujours le modèle et l'appui :
Vous sympathiseriez, j'en suis sûre , avec lui.

MOLIÈRE.

Souvent Collin m'en parle.

LA JEUNE THALIE.

         A ses nombreux ouvrages
Molière ne pourrait refuser ses suffrages.

MOLIÈRE.

Je voudrais les connaître.

LA JEUNE THALIE.

         Eh bien ! passez les ponts.
Je demeure un peu loin ; mais , je vous en réponds ,
Vous rirez, et dès-lors ma cure est achevée.

Depuis assez long-tems de drames abreuvée ,
Je vivais de mes pleurs ; rien n'est moins étonnant ,
J'avais perdu mon père; il revient maintenant ,
Et bientôt avec lui ma gaîté naturelle.

MOLIÈRE.

Et vos joyeux amans reviendront avec elle.
Quant à moi (votre sœur dût s'en formaliser)
J'aimerais tout autant près de vous m'amuser ,
Que de bâiller chez elle avec cérémonie (3),
Avec Messieurs Imbert, Lanoue et compagnie.
Je serais mieux sans doute entre vous et Picard (4),
Et, maître de mon bien , je vous en ferais part;
Mais vous avez un prince éclairé , grand et juste ,
Digne de son aïeul , mon protecteur auguste ;
Adressez-vous à lui ; vous lui plairez , je crois.
(A la vieille Thalie :)

Pour vous , qui sur Molière aurez toujours des droits ,
Quand vous désirerez qu'avec vous je renoue ,
Vous oublîrez Dorat , Marivaux et Lanoue.

FIN.

NOTES.

(1) Il n'y a pas long-tems que *Georges Dandin* a été sifflé. *L'Avare*, *l'Ecole des Maris*, *l'Ecole des Femmes*, etc., sont joués dans le désert; *le Légataire*, *les Etourdis*, *les Héritiers*, dédaignés des gens du bon ton; mais la *Coquette corrigée*, *le Jaloux sans amour*, *la Feinte par amour*, *les Jeux de l'Amour*, etc., voilà ce qui doit plaire éternellement!

(2) Les reproches que l'on fait à Thalie d'avoir été souvent trop libre dans ses manières ne sont malheureusement que trop fondés; mais ne tombe-t-elle pas aujourd'hui dans un excès contraire? Semblable à cette femme qui, dans la fleur de l'âge, après s'être signalée par ses travers, finit sur le déclin des ans par affecter tous les scrupules de la pruderie, elle conserve bien le même fonds d'humeur; mais elle a changé les dehors; elle ne désire point être plus réservée, plus sage, mais elle veut le paraître.

> Elle fait des tableaux couvrir les nudités;
> Mais elle a de l'amour pour les réalités.

Voilà notre muse comique. Présentez-lui des pièces telles que *Figaro*, *les Femmes*, *Heureusement;* étalez à ses yeux les scènes les plus licencieuses, les images les plus indécentes, pourvu qu'elles paraissent voilées d'une gaze légère et transparente, elle n'en sera point effarouchée; mais prononcez devant elle un mot trop nu, quoique innocent, vous la ferez crier au scandale, à l'horreur. Molière aurait pu lui reprocher de n'avoir plus aujourd'hui que les oreilles chastes.

(3) Ce trait (ainsi que quelques autres) ne saurait atteindre les grands talens, ornemens de la scène française ; et, pour ne parler que de la comédie, si Molière lui-même y voyait représenter certains ouvrages qu'il n'a pu que lire sur les tristes bords du Léthé, ne ferait-il point grâce à Marivaux et à Lanoue en faveur de leurs interprètes?

(4) Rarement sommes-nous justes envers nos contemporains :

> Par un jaloux orgueil toujours les rabaissant,
> Nous croyons nous hausser en les rapetissant.

Il est aussi dans notre nature d'estimer les choses à proportion qu'elles s'éloignent de nous, *major è longinquo reverentia*. Ce sentiment seul sans doute a pu faire comparer Dancourt à M. Picard. Assurément Dancourt est un comique très-distingué ; son dialogue plein de franchise et de vivacité, quoique un peu trop libre, plaira toujours aux connaisseurs. Mais, je le demande à tout homme impartial et qui n'a pas juré de sacrifier éternellement les vivans aux morts, trouverait-on dans tout le théâtre de Dancourt des ouvrages tels que *Médiocre et Rampant*, *le Collatéral*, *l'Entrée dans le monde*, *Duhautcours*, *les Ricochets*, *les Marionnettes*, *la petite et la grande Ville*, *la vieille Tante*, etc.? Non, sans doute : comme peintre de mœurs (et c'est là le grand mérite de M. Picard), je ne lui connais de rival dans le dernier siècle que Lesage, dont les romans sont aussi des comédies, comme l'a fort bien observé l'auteur des *deux Gendres*. Quel que soit le peu d'importance de mon opinion, je crois devoir prévenir le lecteur que, pour l'émettre, je n'ai cédé qu'au sentiment d'une juste admiration. Je n'ai pas l'honneur de connaître M. Picard; mais ayant à retracer dans un ouvrage que je me propose de publier incessamment les mœurs d'une époque qu'il a si bien peinte dans tous les siens, j'ai dû faire de son théâtre surtout une étude particulière, et c'est en l'approfondissant que j'ai de plus en plus apprécié l'excellence d'un talent fait pour honorer notre siècle.

FIN DES NOTES.

DE L'IMPRIMERIE DE PILLET.